VENTE

HOTEL DROUOT — SALLE Nº 11

Les Mercredi 15 et Jeudi 16 Février 1905

A 2 HEURES 1/4

BONS TABLEAUX

Anciens et Modernes

DES ÉCOLES FRANÇAISE, ANGLAISE, HOLLANDAISE

FLAMANDE, ESPAGNOLE

MINIATURES — PASTELS — DESSINS — GRAVURES

MEUBLES

d'Époques et de Styles Louis XIII, Louis XV

et Louis XVI

Objets d'Art - Bijoux

Mᵉ E. BRAOUÉZEC	M. Ch. MAILLARD
COMMISSAIRE-PRISEUR	EXPERT
41, rue de la Victoire, 41	30, Rue Fontaine, 30

EXPOSITION PUBLIQUE

Le Mardi 14 Février 1905, de 2 heures à 6 heures

―――――

C. CHAUFOUR

8-10, RUE MILTON, 8-10

PARIS

―――――

CONDITIONS DE LA VENTE

La vente sera faite expressément au comptant.

Les acquéreurs paieront *dix pour cent* en sus du prix d'adjudication.

L'exposition mettant le public à même de se rendre compte de la nature et de l'état des objets, aucune réclamation ne sera admise une fois l'adjudication prononcée.

DÉSIGNATION

TABLEAUX

1 — ALLONGÉ (D'après). Vue de forêt (lithographie).

2 — ARUS. Dédicace à son ami Bapu.

3 — BERCHÈRE. Sujet. Signé

4 — BOILLY (Attribué à). Portrait de femme.

5 — BOILEUX. Vue d'Oriéans.

6 — BOILLY (fils). Portrait d'homme.

7 — BOILLY (Ecole de). Intérieur.

8 — BONHEUR (Rosa). Troupeau poursuivi
par les loups.

9 — PEYROL BONHEUR. Paysage.

10 — BONNINGTON. Marine.

11 — BOUCHER (D'après). Sujet, copie ancienne.

12 — BRETON. La pêcheuse de crevettes.

13 — CALAME. Paysage.

14-15 — CHATAUD (A.). Deux tableaux : Natu-
res mortes se faisant pendant.

16 — CHOLET. Portrait de jeune homme.

17 — CHINTREUIL. Paysage.

18 — CHINTREUIL. Paysage.

19 — COURBET (G.). La Danse.

20 — COURBET (Attr. à G.) Paysage.

21 — COROT (Ecole de). Paysage.

22 — DAUBIGNY (Ecole de). Paysage.

23 — Belle étude. Paysage.

24 — E. DIAZ. Paysage.

25 — DESHAYS (Attribué à). Paysage.

26 — DIAZ. Fleurs.

27-28 — DRALL (Attribué à). Les bords de la Noy. Deux paysages.

29 — DROUAIS (Attribué à). Marchand de poissons.

30 — DUPRÉ (Attribué à Jules). Paysage

31 — DUPRÉ (Victor). Paysage animé.

32 — DURER (Albert). Gravure. Eau forte. Les cavaliers de la Mort.

33 — ECOLE ANGLAISE. Portrait de femme.

34 — ECOLE ANGLAISE. Portrait de femme.

35 — ECOLE ANGLAISE. Portrait.

36 — ECOLE ANGLAISE. Marine.

37 — ECOLE ANGLAISE. Paysage.

38 — ECOLE ESPAGNOLE. La femme au chat.

39 — ECOLE FLAMANDE. Nature morte.

40 — ECOLE FLAMANDE. Nature morte.

41 — ECOLE FLAMANDE. Tête d'homme.

42 — ECOLE FRANÇAISE. Dix-neuf toiles encadrées.

43 — ECOLE FRANÇAISE. Portrait de femme personnifiant la Musique.

44 — ECOLE FRANÇAISE. Pastel : portrait d'homme.

45 — ECOLE FRANÇAISE. Pastel : portrait d'homme.

46 — ECOLE FRANÇAISE. Portrait de jeune
fille.

47 — ECOLE FRANÇAISE DU XVIIIᵉ SIÈ-
CLE. Portrait de femme.

48 — ECOLE FRANÇAISE de 1830. Paysage.

49-64 — ECOLE FRANÇAISE. Quinze toiles.

65 — EC. FRANÇAISE. Chien et chat. Dessin.

66 — ECOLE FRANÇAISE. Portrait de femme
Louis XVI.

67 — ECOLE FRANÇAISE. L'Arrivée de la
reine à Paris, 1782. Gravure.

68 — ECOLE 1830. Paysage animé.

69 — ECOLE 1830. Paysage.

70 — ECOLE 1840. Dispute de femmes.

71 — ECOLE FRANÇAISE. Lot de dix tableaux.
(Sera divisé).

72 — ECOLE HOLLANDAISE. Quinze toiles
encadrées.

73 — ECOLE HOLLANDAISE. La Présenta-
tion. Cadre ancien très fin.

74 — ECOLE HOLLANDAISE. Le Moulin.

75 — ECOLE MODERNE. La Bonne aventure.
Pastel encadré.

76 — ECOLE ITALIENNE. Scène de la Révo-
lution, peinture sur métal.

77 — ECOLE ITALIENNE. Le Dante et Euri-
dice.

78 — ECOLE ITALIENNE. La Sainte Famille.
Sur cuivre.

79 — ECOLE ITALIENNE. Sœur lisant la Bible.
Sur cuivre.

80 — ERPIKUM. Tête.

81 — FRAGONNARD (attribué à). Allégorie.

82 — GERARD (Baron). Portrait de femme.

83 — VAN GOYEN. Marine.

84 — GREUZE (Attr. à). Tête d'enfant.

85 — GREUZE (Att. à J.-B.). Jeune fille.

86 — ISABEY. Marine.

87 — JONGKING (Att. à). Marine.

88 — LEPAGE (Att. à). Esquisse paysanne.

89 — LANDSOER. Chiens.

90 — LAMI (E.). Paysage.

91 — LEPICIÉ. Portrait de jeune homme.

92 — MIGNARD (Att. à). Portrait.

93 — MONNOYER. Fleurs.

94-95 — MAUREL. Vues de Paris. Aquarelles.

96 — MOREAU (le jeune). Gravure du XVIIIe. Ancienne.

97 — MARIE (L.). Scène champêtre. Gouache.

98 — NATTIER (Ecole de). Buste de femme. Pastel.

99 — PRET (Elève de David). Portrait de vieillard.

100 — ROSALBIN. Deux fusains encadrés.

101 — RIBOT (G.) Tête de vieille femme.

102 — RICHET. Forêt. Paysage.

103 — ROUBY. Fleurs sur une nappe.

104 — ROUSSEAU (Attribué à Th.). Paysage.

105 — ROUSSEAU (Th.). La maison du garde.

106 — STORK (James). Paysage.

107 — SINET (Attribué à). La cueillette. Pastel.

108 — STEVENS (Attribué à Joseph). Chats.

109 — TURNER. Marine.

110 — UBEDA. Jeanne d'Arc dans sa prison.

111 — UBEDA. Le Toréador.

112 — VERNET (J.). Clair de lune.

113 — Chevaux. Gravure.

114 — Chef mameluck.

115 — VINCELET. Fleurs.

116 — WATTEAU (Ecole de). La parade.

117 — WATTEAU (Ecole de). Dessus de porte.

118 — WOUWERMANS (Attribué à). Une halte.

119 — WATTEAU (Genre de). Réunion champêtre.

120 — Cadre doré ancien.

DESSINS. AQUARELLES

GRAVURES

121-122 — Aquarelles. Deux études de femmes se faisant pendant.

123 — Lots de gravures et dessins anciens et modernes.

124 — DAVID. Portrait du maître. Gravure ancienne.

125 — Scène champêtre. Gouache ancienne.

126 à 141 — Lot de cinquante gravures encadrées.

142-143 — ECOLE FRANÇAISE. Quatre gravures en noir se faisant pendant.

144 — L'indiscret.

145 — L'écueil de la sagesse. Deux gravures encadrées se faisant pendant.

146 — Suite de gravures anglaises : « Les cris de Londres ».

147 — Le petit Vaux-hall, très belle gravure anglaise encadrée.

148 — La Foire au village.

149 — La Noce au village.

150 — Deux gravure en couleurs. Ecole française XVIIIe siècle se faisant pendant, cadre en bois sculpté et doré.

151-152 — Deux gravures anglaises. Scène de courses.

MEUBLES

153 — Salon en bois doré recouvert en soierie composé d'un canapé, deux fauteuils et deux chaises. Style Louis XIII.

154 — Table de salon en bois sculpté et doré, dessus en marbre de style Louis XVI.

155 — Console en bois sculpté et doré de style Louis XVI, dessus en marbre.

156 — Commode en acajou à trois tiroirs, dessus en marbre. Epoque Louis XVI.

157 — Lit en cuivre à deux personnes avec son sommier.

158 — Armoire normande en chêne sculpté à deux portes. Epoque Louis XV.

159 — Deux fauteuils recouverts en tapisserie à la main. Epoque Louis XV.

160 — Salle à manger en chêne sculpté et ciré, comprenant un buffet, une table et six chaises.

161 — Toilette en marbre blanc à réservoir.

162 — Salamandre.

163 — Grand cadre en bois doré.

164 — Cartel en bois sculpté et doré. Style L. XV.

165 — Chaise longue recouverte en soierie brochée à fleurs. Genre anglais.

169 — Fauteuil recouvert en satin fond vert.

170 — Fauteuil en soierie recouvert en soierie à rayures.

OBJETS D'ART

171 — Très joli lustre en bronze doré orné de boules et d'arabesques ajourées. Style oriental.

172 — Quatre appliques du même style formant ensemble avec le lustre.

173 — Femme arabe, bronze signé Martin.

174 — Deux vases en marbre ornés de bronzes. Style Louis XVI.

175 — Cave à liqueurs en bronze et glace, trois carafons et douze verres. Style Mapple.

176 — Flaconnier en bronze et cristal.

177 — Cave à liqueurs en bois de palissandre et bronze avec carafons et verres.

178 — Deux porte-bouquets en porcelaine montés sur bronze.

179 — Flaconnier en cristal monté sur bronze.

180 — Service à liqueurs, deux flacons et huit verres avec surtout.

181 — Flaconnier en cristal monté sur bronze.

182 — Deux vases genre Sèvres, signés Marchand.

183 — Deux vases en marbre ornés de bronzes. Style Louis XVI.

184 — Deux grands médaillons en bronze ciselé : Têtes de République.

190 — La Soubrette, bronze de Vibert.

191 - Coupe en bronze ciselé.

192 — Cachepot en bronze ajouré.

193 — Deux flambeaux en bronze doré.

194 — Pistolet à pierre.

195 — Pistolet à pierre.

196 — Pistolet à pierre.

197 — Belle statue argentée de Pradier.

198 — Christ en ivoire sculpté.

*199 — Lot de statuettes anciennes en biscuit.

200 — Terre cuite par Beaurand.

203 — Deux vases en faïence de Delft.

202 — Vase en faïence ancienne.

203 — Paire de vases en porcelaine de Chine, monture bronze doré.

204 — Vase en porcelaine de Chine forme gourde.

205 — Belle guitare par Aubry fin xviiie siècle.

206 — Deux plats en porcelaine Louis XV.

207 — Trois pièces provenant d'un service à thé en vieille porcelaine de Tournay pâte tendre, dessin à bouquets de fleurs.

208 — Salomé : buste en bronze.

209 — La jeunesse de Aribelli : buste en bronze.

210 — Junon et Jupiter : statuette en bronze.

211 — Paravent art nouveau peint sur étoffe.

212 — Table à thé dessus marbre.

213 — Commode en marqueterie de bois de rose garnie de bronze. Epoque Régence.

214 — Colonnes en bois sculpté avec chapiteaux sculptés style Louis XIV.

215 — Secrétaire en marqueterie de bois de luxe orné de bronzes finement [ciselés style Louis XVI.

216 — Deux statuettes en ivoire japonais.

217 — Trumeau en bois sculpté avec une peinture. Style Louis XVI.

218 — Deux petits bronzes d'après CLODION.

219 — Napoléon : petit bronze, signé GUILLEMIN.

220 — Levrette : petit bronze, signé FRATIN.

221 — Miniature sur ivoire par DUVAL 1861.

222 — Miniature sur ivoire, portràit de femme.

223 — BOUCHER (Genre de). Miniature sur ivoire.

224 — Boite en émail.

225 — Etui en porcelaine.

226 — Bonbonnière genre Sèvres.

227 — Bonbonnière genre Sèvres.

228 — Louche vieil argent. Epoque Louis XIII.

229 — Sac en cuir.

230 — Buvard orné d'une miniature.

231 — Pince à sucre Louis XIV.

232 — Brûle-parfum japonais.

BIJOUX

233 — Montre en or à remontoir double cuvette
en or.

234 — Sautoir en or orné de rubis, saphirs et
turquoises.

235 — Broche en or ornée d'une perle fine.

236 — Bague en or ornée d'un saphir cabochon
entouré de diamants.

237 — Bague en or ornée de trois brillants.

238 — Bague en or ornée d'un brillant.

239 — Bague en or ornée de similis.

240 — Six petites épingles en or ornées de perles
fines.

241 — Epingle de cravate en or ornée de trois perles fines et d'un diamant.

242 — Paire de boutons d'oreilles en or, ornés de perles fines et de deux petits diamants.

243 — Broche argent doré et émail représentant Saint Georges.

244 — Trois boutons de chemises ornés de perles fines.

245 — Bague en or ornée d'un gros brillant.

246 — Bague en or ornée de marcassites. Style Louis XV.

247 — Remontoir en or, boîtier enrichi de diamants.

248 — Epingle de cravate en or, perles fines et brillants montés sur platine.

249 — Boucles d'oreilles en or ornées de perles fines entourées de diamants.

250 — Bague en or enrichie de perles fines, de rubis et de diamants.

251 — Bague en or ornée d'une perle entourée de diamants.

252 — Bague en or forme rivière enrichie de rubis et diamants montés sur platine.

253 — Bague forme marquise en or ornée de rubis et diamants.

254 — Bague forme marquise en or enrichie d'émeraudes et diamants.

255 — Aumonière en vermeil avec écusson.

256 — Sautoir en vermeil avec coulant.

257 — Bourse en argent avec compartiment intérieur.

258 — Bague en or rubis entouré de brillants.

259 — Deux perles fines sur papier.

260 — Paire de boucles d'oreilles en or macarons en brillants.

261 — Bracelet en or.

262 — Broche forme hibou en or, enrichie de trois
perles fines.

263 — Bague en or enrichie de trois diamants.

264 — Bague en or ornée d'une perle entourée de
roses.

265 — Paire de boutons d'oreilles en or enrichis
de brillants et perles.

266 — Epingle de cravate en or ornée de roses et
de chrysophases.

267 — Montre de dame en or à remontoir.

268 — Montre en or ancienne, à sonnerie.

269 — Objets omis.

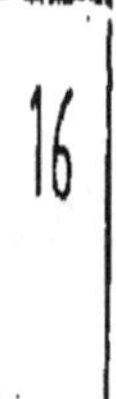

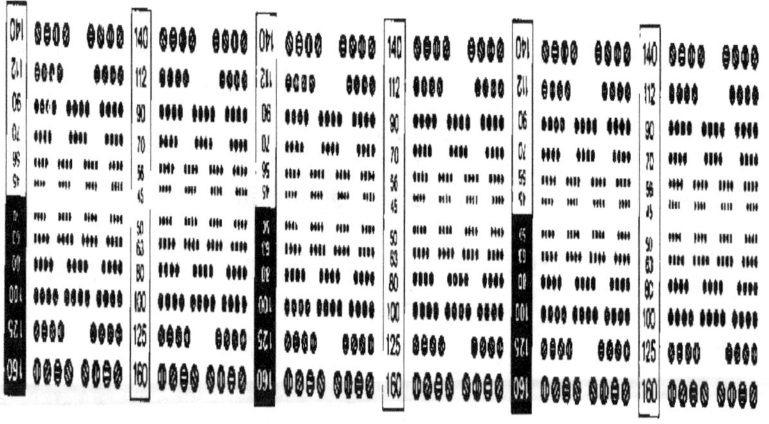

MIRE ISO N° 1
NF Z 43-007
AFNOR
Cedex 7 - 92080 PARIS-LA-DÉFENSE